後だって先だって
辿りついたら同じだよ

上月わたる

牧野出版

後だって先だって　辿りついたら同じだよ

冒険心は
新しい世界への
窓口だ

風が吹くまま
北へも南へも

自在に動く
雲に学びたいね

大勝を考えず

小勝を積んでいくのが
真の勝者だ

言い訳は
いくらでも言えるけど
真実は
ひとつしかないよ

能力のある人を素直に認め

能力のある人を手本に出来る

それが、向上心だ

素直さこそ　学ぶことへの王道だ

相手の用件を読み取れないと成功につながらない

何で酒を飲むかって
それは
酔っ払いたいからだよ
悪いことかな

Café

社会に負けるな
ＩＴに負けるな

文明に負けるな
自分の可能性を信じよう

師からの叱責は期待の表れだ

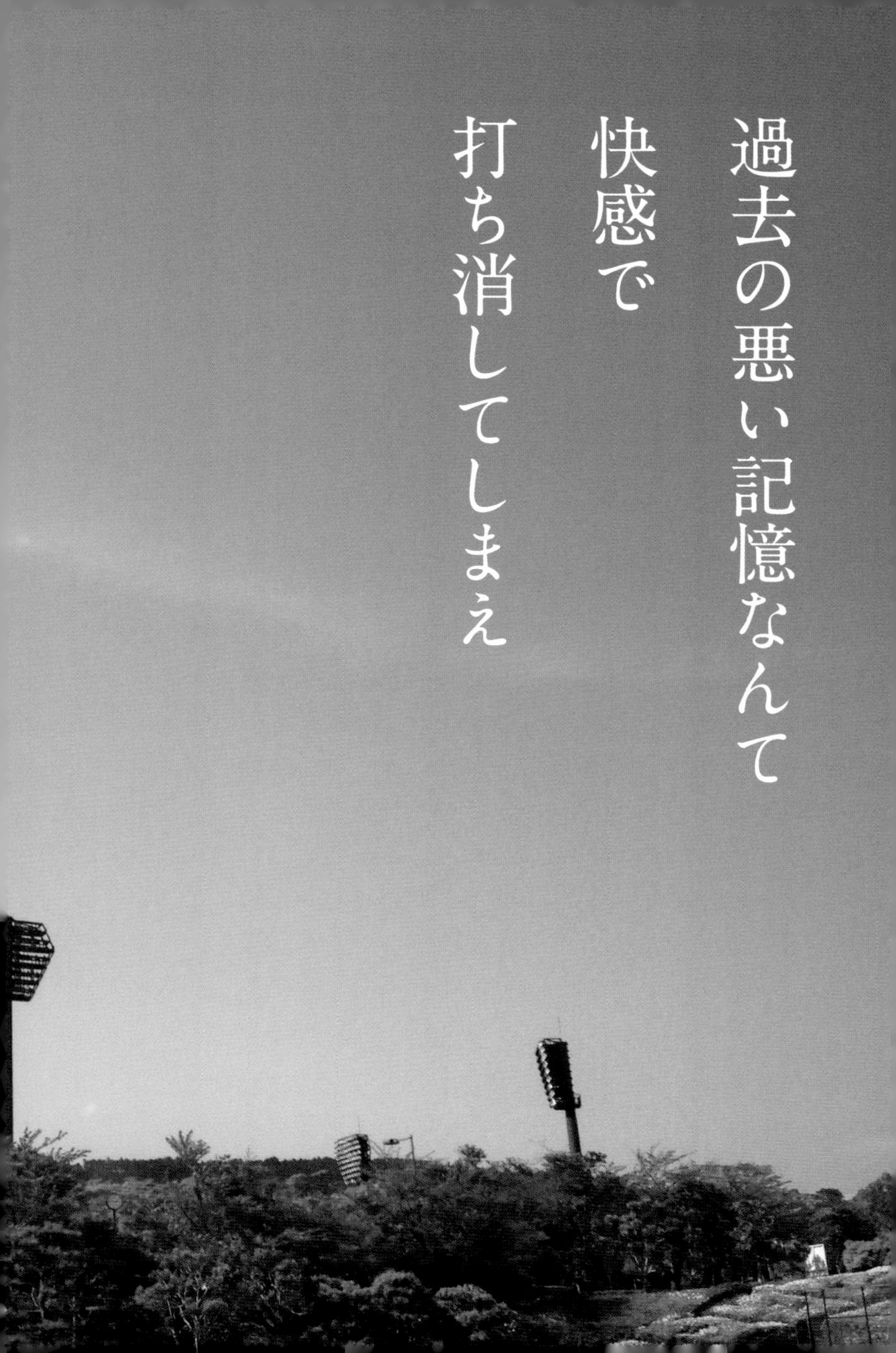

過去の悪い記憶なんて
快感で
打ち消してしまえ

からだから
思わずにじみ出てくるのが
本物の愛かな
心も香りで溢れるようだよ

ピンチなときほど
新しい考えが
到来する
チャンスだと思え

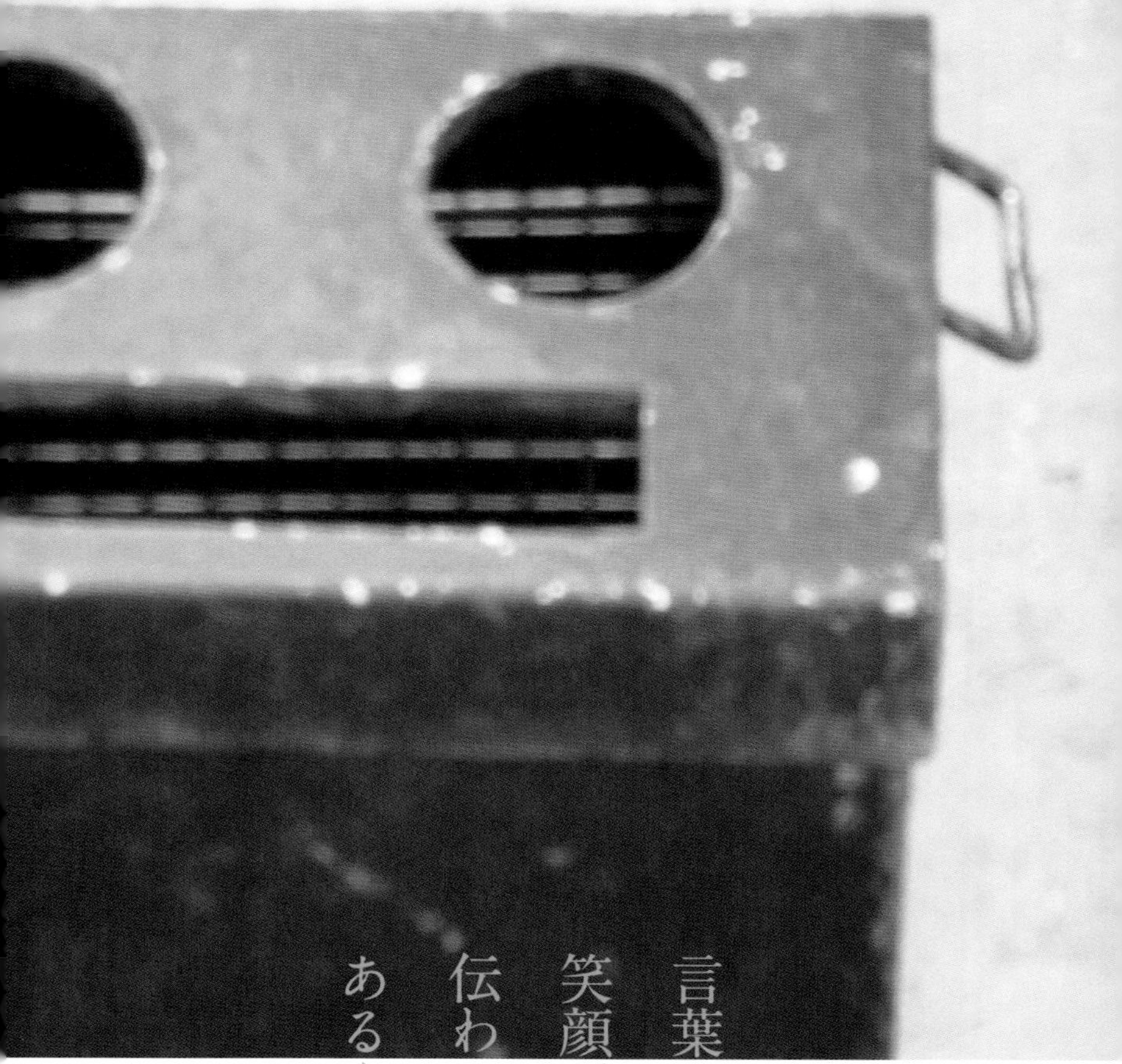

言葉がなくとも
笑顔だけで
伝わるってことが
あるものだ

見た目の若さばかりを
追いかけているのは
みっともないね
心が若けりゃ若いんだ

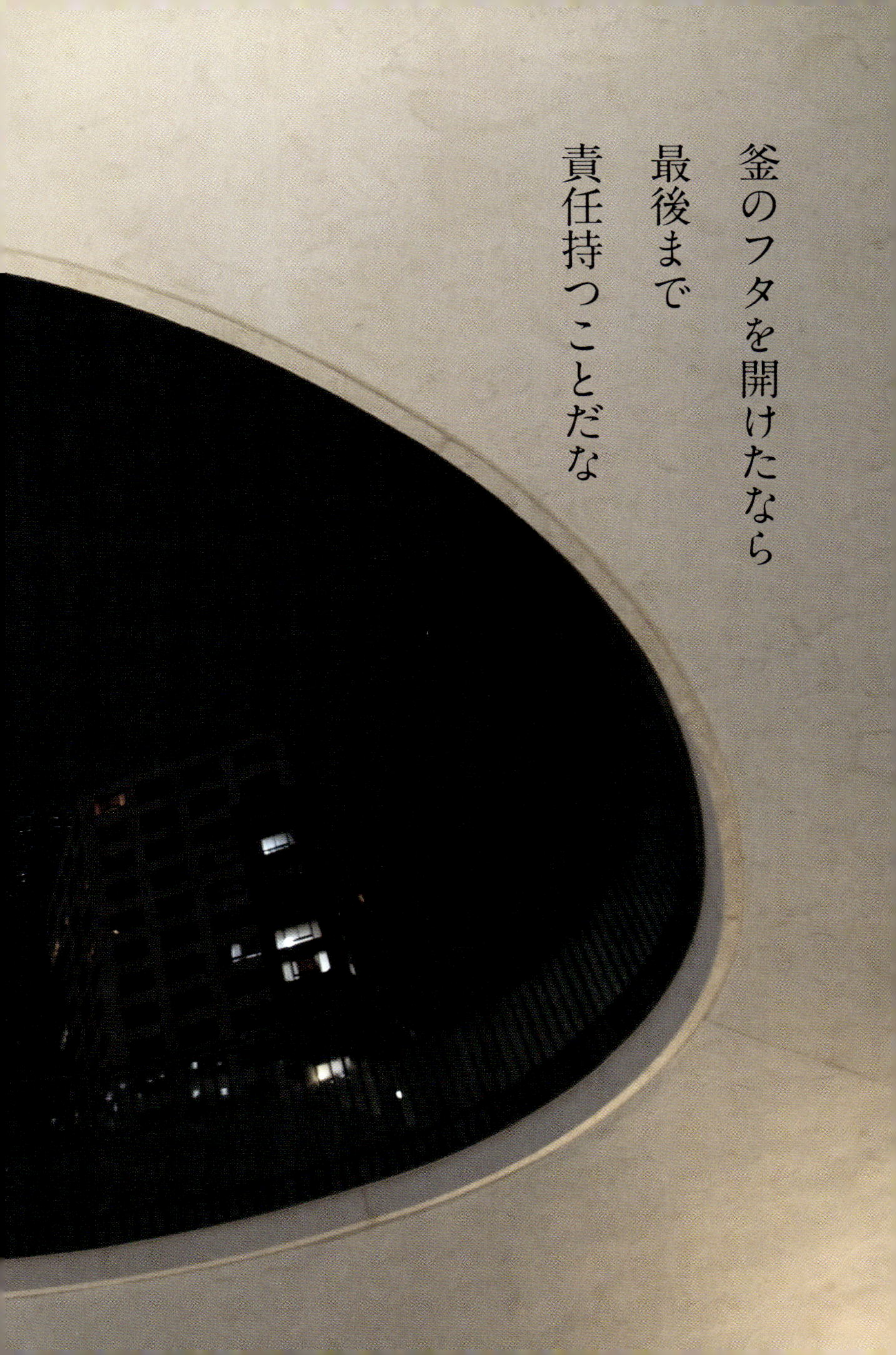

釜のフタを開けたなら
最後まで
責任持つことだな

叱られ上手というのも
人間力のひとつだな

3

逆境に遭遇したら
喜ぶことだ
立ち向かっていけば
本物になれる

川に橋がなければ
知恵を使って渡ればいい

嫌いなものの中に
宝がある
見逃さないことだ

男なら
大きい根をはった木となれ
植え替えばかりしていると
根なしの木になってしまうぞ

山は
単に見上げるだけ
のものなのか
足を使って登る
ものなのか

真の成功者は
最後まで
けっして気を抜かないね

あっても威張らず
なくては困る
空気のような
存在になりたいね

周りへの感謝を
忘れない人が
成功の喜びを
勝ち取るね

小さな問題を
解決したのか
実入りも
小さいだろうね

見せかけの親切に
騙されやすいのは
みずからの親切心を
忘れているからだよ

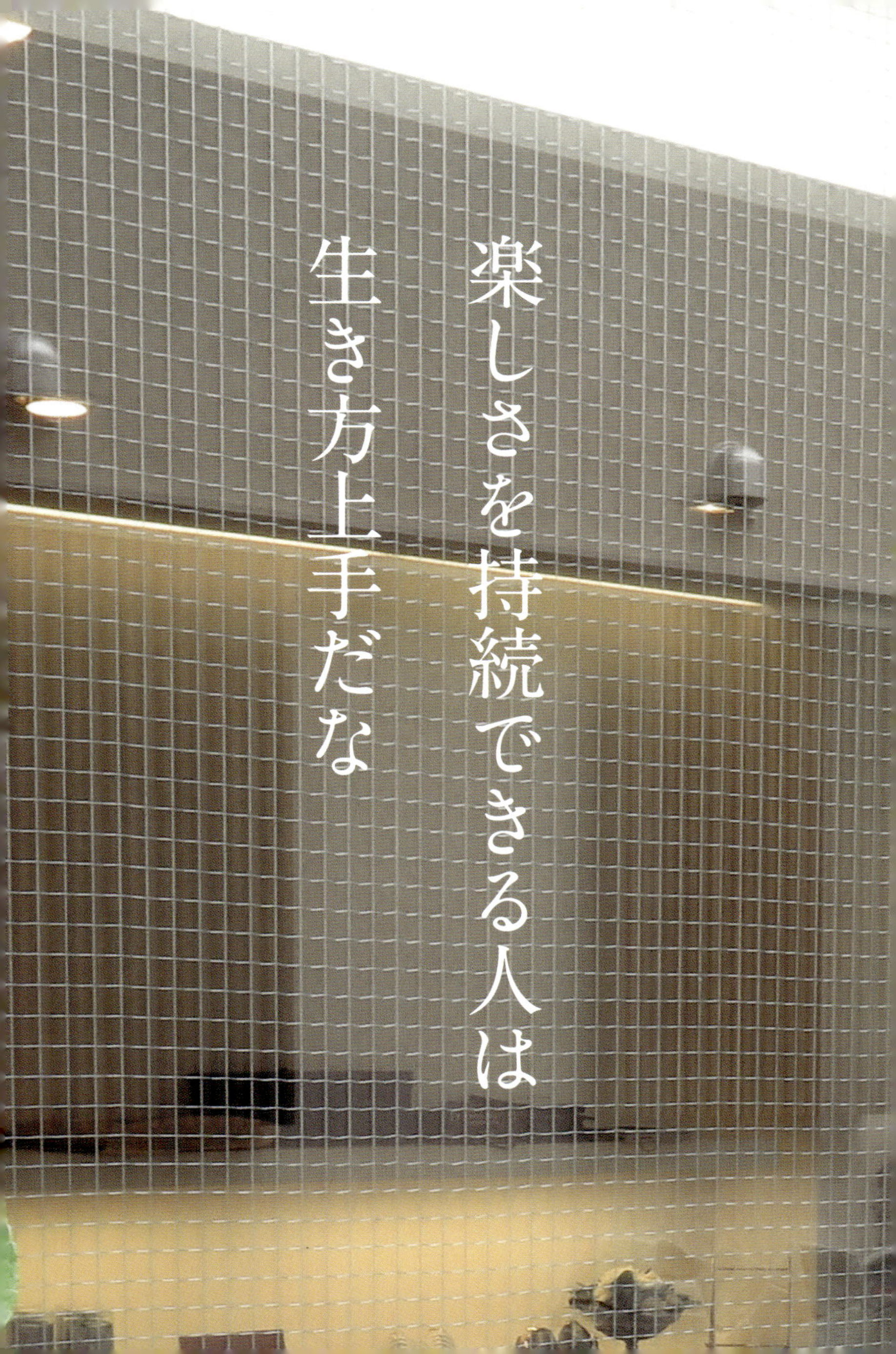

楽しさを持続できる人は
生き方上手だな

聞く耳のある人って
自分の意見は
最後に言うね

意地を通すのって
けっきょく
余裕のないときなんだ

一緒に楽しく
食事ができる相手って
貴重な存在だよ

満足って
気持ちの問題だよ
そう思ったら
平気だろ

SHIRATORI

子どもたちがいるから　命がけで生きているんだ
子どもたちよ　ありがとう

「無理」が
口癖になっている人には
光は当たらないよ

過去を振り返ったところで
何の役にもたたないぞ

悔しいと思ったら
追いつき追い越せだ
しぶとく
やることだ

未来は
語るものではなく
立ち向かって
いくものだ

自慢話は
小人の行いと心得よ

眼で見えることだけが
本当のことかい
心の声にも
耳を傾けてみてごらん

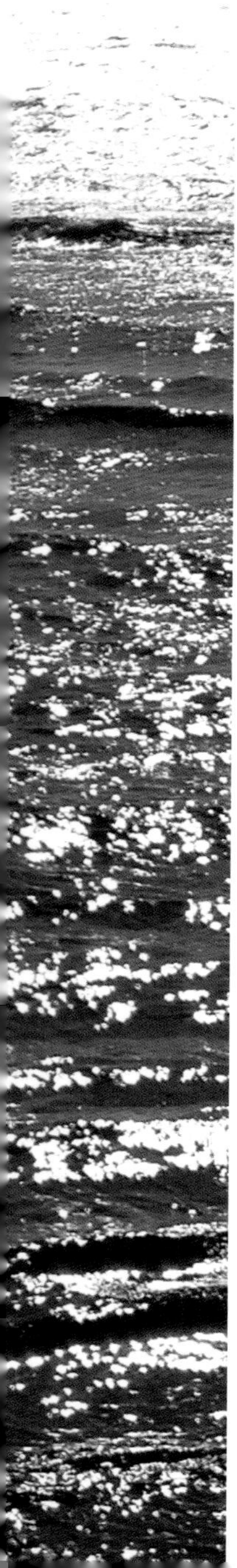

宮島のしじみ
大層美味い
身がふっくらと大きくて
仲間と一緒に食べたいな

余計なものを見ない
雑音に耳を貸さない

出来る人の作法だな

50
CANTER

筋肉だって
負荷があってこそ
強靱となり
持久力を増してくる

相性が合うっていうのも
快感のひとつかもしれないね

水なんか
文字通り溢れるほどあるから
なくなったときのことを
ない世界を
想像できないんだろうね

楽な道ばかり
望んでいては
何も得られないよ

あえて
険しい選択をすることだ
実りが大きいから

出会うことで
その人の運気が上がる
そんな人って
いるんだよな

SUNTORY
炭酸
直前
Be legendary
Coca-Cola
OPEN
黄金比
SUNTORY

下手な情けをかけるくらいなら
放っておいた方がいいよ

知ったかぶりは
行き違いの元になるよ

知らなきゃ知らないで
素直になろうよ

自己を正当化ばかりする人に
成功者はいないね

退屈だ
とぼやいている人は
向上心がないってことだ

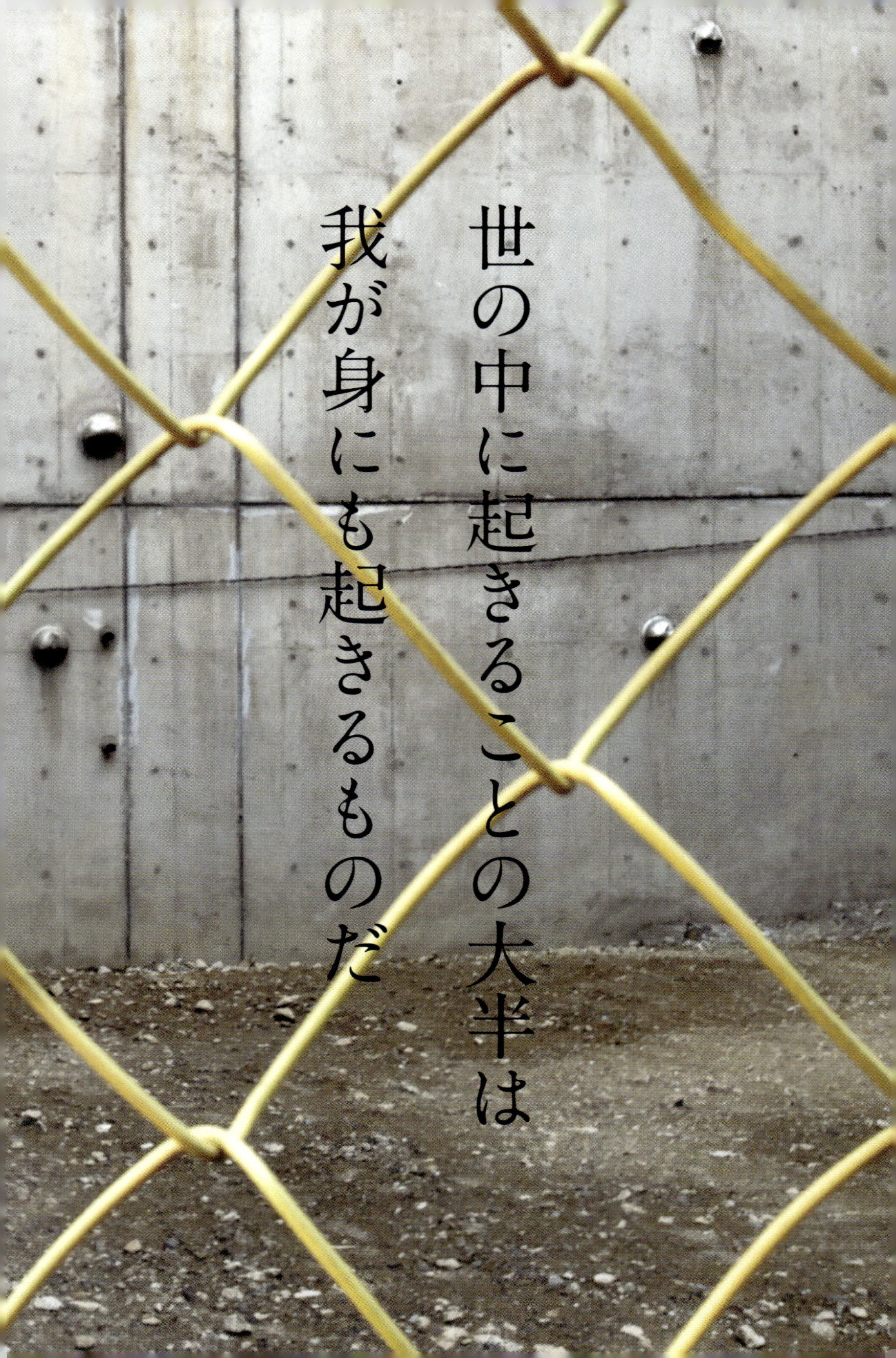
世の中に起きることの大半は
我が身にも起きるものだ

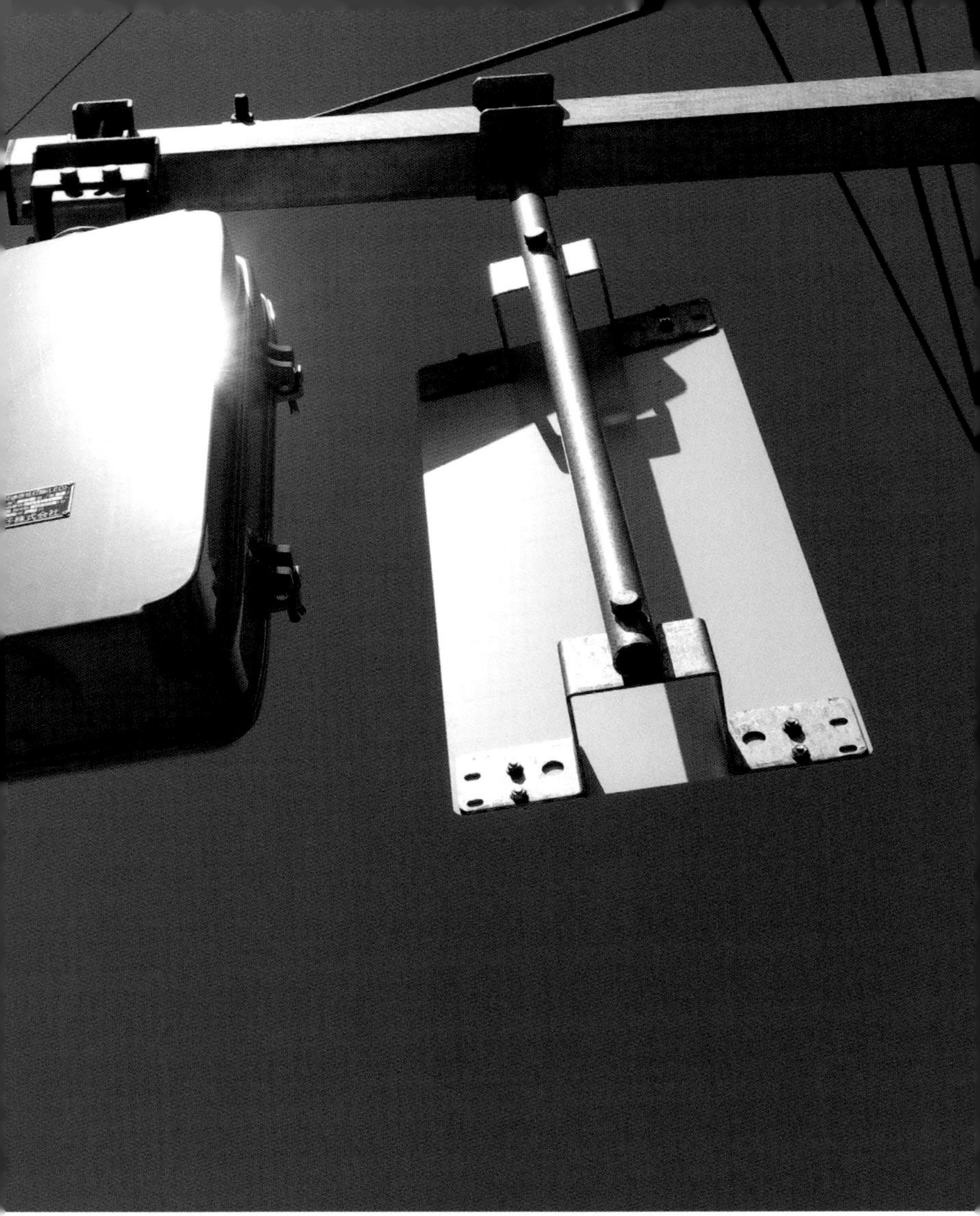

分かったつもりと早とちり
大きな事故につながる元だ

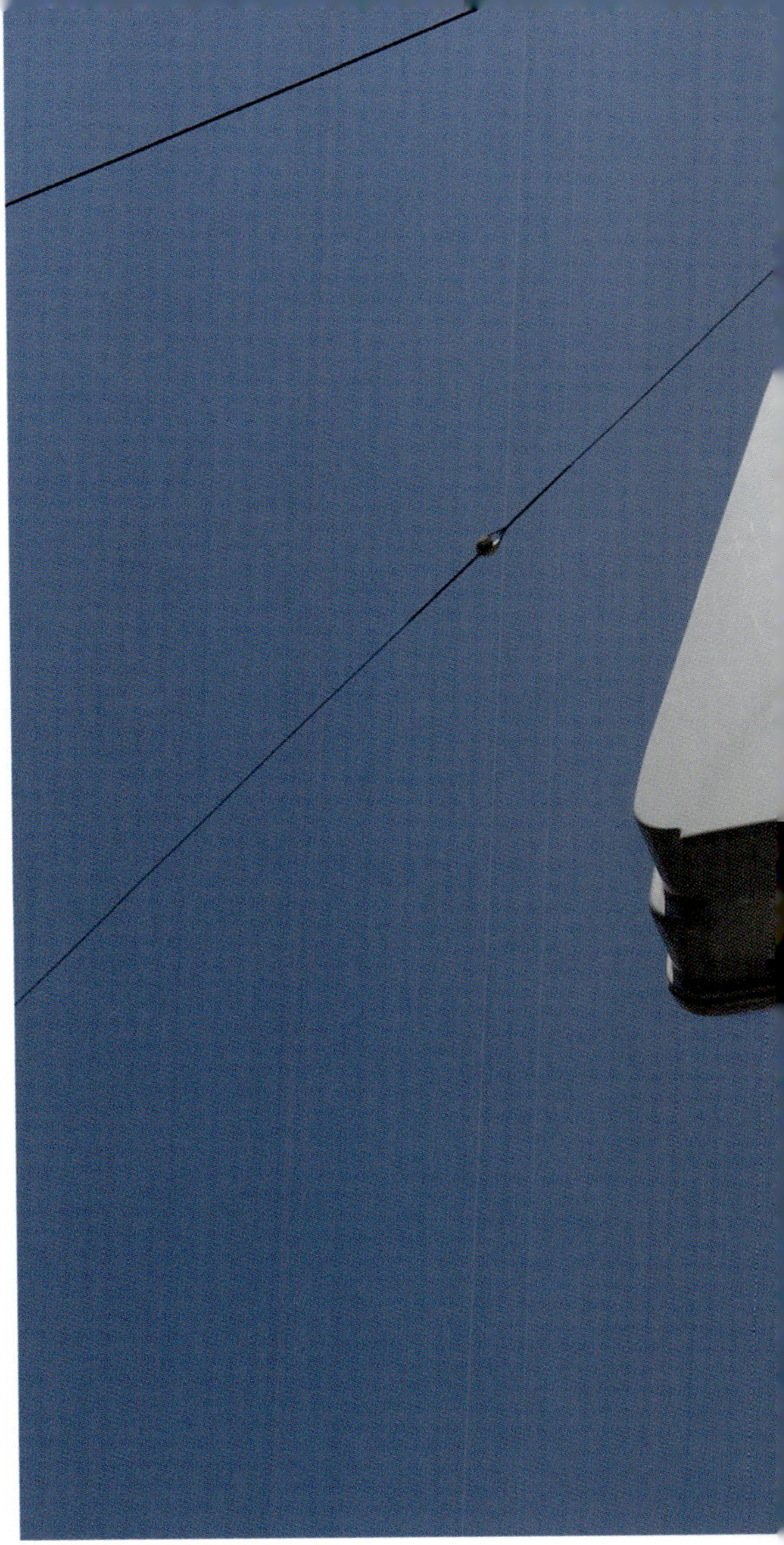

師の恩を
忘れないことが
成功への道となる

お先にどうぞと言われても
後だって先だって
辿りついたら同じだよ

どんなに
高価なお茶だって
淹れ方ひとつで
まずくなるよ

I'm always looking 4 U on the wall

困難も　目標のひとつ
仲間に入れておけよ

SWISSFLEX

人は見た目が重要だ
ただ
外見にとらわれすぎないことだ

いつまでも
青年でいたい
恋もしたい
正直な気持ちだよ

何かを願うことと
何かを打ち消したいと願うことは
まったくの別物だ

自分の役目を
がむしゃらに果たすことだ
道に光が射してくる

極限と思った瞬間
あきらめるか
もうひとつ先に向かって
戦えるかどうかだ

人との触れ合いを
大切にしている人は
人への理解力も
優れているね

心から
素直に感動すると
大量のエネルギーが
働いてくれる

間抜け　腑抜け　腰抜け

に　に　に

なるな　なるな　なるな

目標とする
師のいない人は
不幸だね

伸びしろがない
と感じるのは
心に不満が
あるからだよ

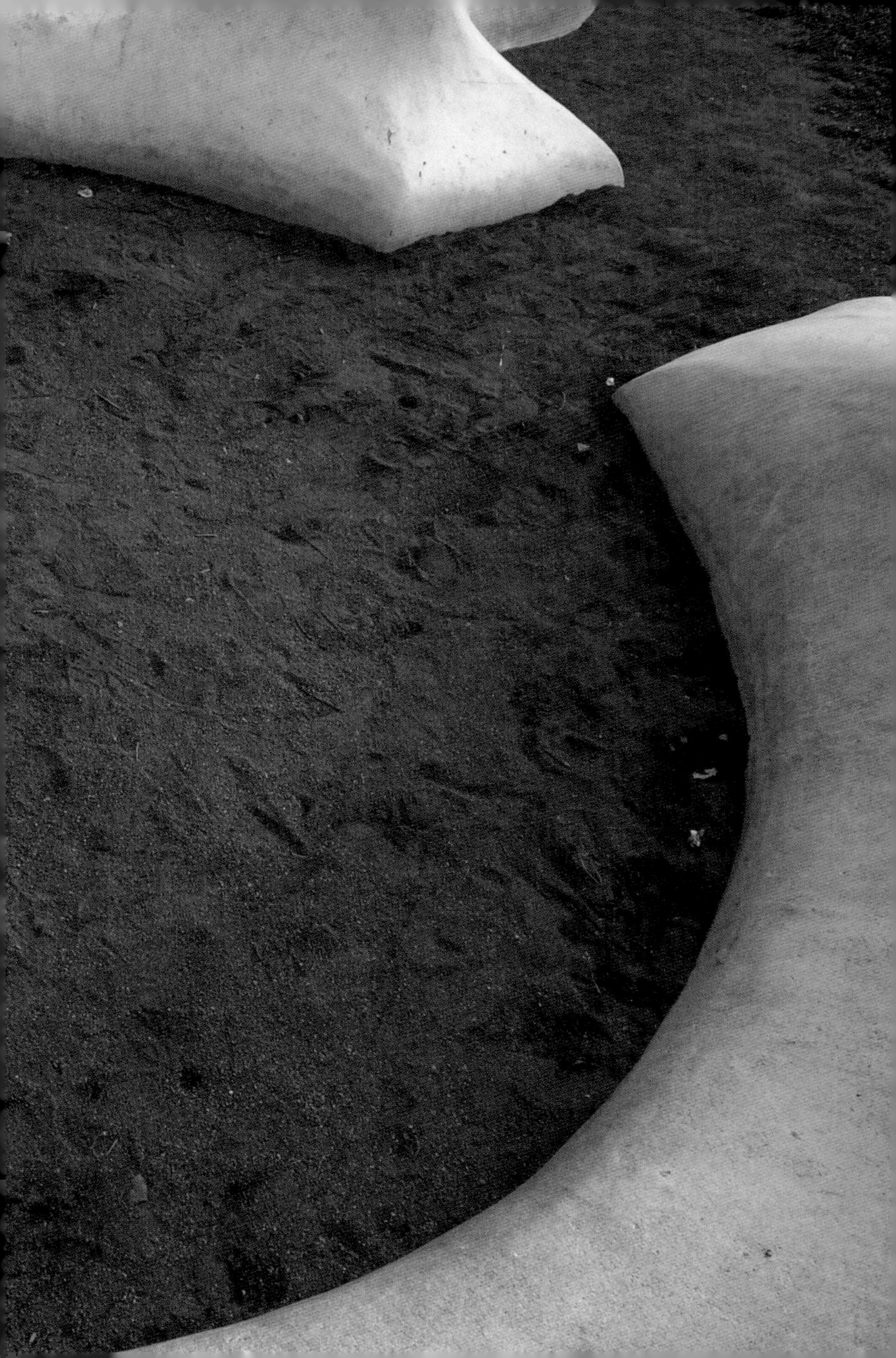

使う人
使われる人
ともに怒らせたら
事は成り立たないね

未来の開拓こそ
勇気ある者の
働き場だ

C
D

咲く花もあれば散る花もある
若草もあれば枯草もある
それが自然ってものだ

人に信頼をされたければ
人に敬意をもって接することだ

快感や快楽を
真剣に考える人には
審美があるね

急いたって
始まらないことはあるよ
気を長くして
明るく待つことだ

40

何事も
理由をつけて
先延ばしに
しないことだな

家庭用
麦酒

カラオケは好きだけれど

2曲同時には歌えないよね

塀の上を
歩いていると思えば
意外と
落ちないものさ

今日《きょう》，遊具《ゆうぐ》は
使《つか》っては
いけません。
NO!!

人間
絶対ってないんだよ
間違いがあって
いいんだよ

成功体験は
しっかりと噛みしめろ
次への
最良の進撃となる

SUPER LINE MARKER
A
EVERNEW
PAT.

推測で語るのは
不勉強の結果だな

苦手に挑戦することで
大きな宝が手に入る

人に尽くすことは
大いにけっこう
しかし
奢ってはいけないね

安心感はありがたい
ただ、その余裕が
時には
甘えとなって邪魔をするな

大樹も
下草があって
はじめて育つんだ

損得勘定したときに
鏡を覗いてごらん
醜い顔をしているから

花

努力の本質っていうのは
小さな積み重ねができるってことだ

真の喜びには
損得はないよ

あとがき

学生時代に拳法道場に毎日通ったことがある。年に何回か合宿訓練があるのだが、その時は金比羅さんの一三六八段を駆け登るのが恒例であった。大変な辛抱を必要とする訓練だ。なのに「兎とび」で登れと師匠命の下ったことがあった。全員が一斉に始めた。しかし、最初の十段の石段すら登ることが出来ない。いや、十段どころか二、三段でへばってしまい、石段から転げ落ちるあり様である。石段の角で傷する者、血が出る者、ひとりとして登って行けない。終いにはみんなで座り込んでしまった。

「諦めるな！　最後の最後までやってみることだ」

我々を叱りとばす師匠の大声が石段に響く。師匠が帰った後、全員が溜め息をついて「無理だよ」と情けない顔になっていた。

その時、私の頭の中にまったく別の思いが走ったのだった。

「今日、できなくてもいいじゃないか。毎日やってみよう」

この思いを他の仲間には伝えなかった。その日から、道場帰りに真夜中の石段に向って「兎とび」の挑戦が始まった。

もちろん、雨の日も嵐の日も欠かさず、一時間は辛抱して鍛錬に励んでみた。すると、十日目には三段、ひと月後には十段を登ることが出来た。その時の喜びは今なお忘れずに残っている。この時の考え方が、何だか自分の生きる力となった様な気がしてならない。

どんな難関に出遭っても「何処かに助かる道がある」「何処かに光の差す場所がある」と心の中で誰かが叫んでくれる。

それ以来、為すがままで努力を忘れずに生きてきた。そして、その都度気づいたことをメモに取ってきたのが、この度の本書の出版となった訳である。

中には泣くような思いの中から生れた言葉もある。また、突然閃いた言葉もある。一年も二年も悩んだすえに出てきた言葉もある。人生の師、道場の道臣《どうしん》先生、玄師《げんし》先生からの叱り、放送局時代の小澤局長からの叱り、田中角栄先生からの叱り、平井太郎先生からの叱り、そして母親からの叱り、祖父からの叱り、先輩達からの叱りなどから気づいて生まれた言葉も数多い。

出版にあたり、それらを書き移しながら、今更のように学びの種が蘇えってくる。是が非でも多くの人にこの人生観を知っていただき、生きる上での処方箋にしてもらいたい、そんな気持ちで筆を取った次第である。

人生の歩みには、何一つ無駄のないことに気づいていただければ、この上なき喜びと幸せを感じます。

・元気になってください
・明るい道を見つけてください
・どんな事でも苦にしないでください
・笑顔で毎日を過ごしてください
・おいしい酒をのみましょう

二〇十四年九月吉日

上月わたる

上月わたる（こうづき・わたる）

1934年、香川県綾歌郡飯山町（現丸亀市）出身。地方テレビ局のアナウンサーとして活躍していたが病に見舞われ職を辞し、日本全国放浪の旅へ出て数多くの知己を得る。様ざまな職業を経験した後、現在、国際エコロジー団体の日本代表を務める。
著書に『気楽にいこうよ 自然のままに』『完璧を求めるから辛くなるんだ』『雑草の如き道なりき しがらみ編』がある。

写真協力　東寺昌吉／CONROD／大森裕二
デザイン　大森裕二

後《あと》だって先《さき》だって 辿《たど》りついたら同《おな》じだよ

2014年10月26日初版発行

著　者　上月わたる
発行人　佐久間憲一
発行所　株式会社牧野出版

〒135-0053
東京都江東区辰巳1-4-11　STビル辰巳別館５F
電話03-6457-0801
ファックス（注文）03-3522-0802
http://www.makinopb.com

印刷・製本　精文堂印刷株式会社

内容に関するお問い合わせ、ご感想は下記のアドレスにお送りください。
dokusha@makinopb.com
乱丁・落丁本は、ご面倒ですが小社宛にお送り下さい。
送料小社負担でお取り替えいたします。
 ISBN978-4-89500-180-9